Peter Jentzmik, Zum Rand der Erde

PETER JENTZMIK

ZUM RAND DER ERDE
ZEN IN DER KUNST DES HAIKU

GLAUKOS

Lektorat: Verena Bertram
klein-druck, Steeden
Printed in Germany

ISBN 3-930428-02-4

Σμικρὸς ἐν σμικροῖς
μέγας ἐν μεγάλοις
Ἔσσομαι

Pindar

Klein im Kleinen,
Groß im Großen
Will ich sein.

Hölderlin

友好

Freundschaft

Rauhreif auf Bäumen
Sonne bricht durch das Geäst
Glanz in den Augen.

Klar ist der Himmel
Wolken verliern sich im Blau
ich atme tiefer.

Vogelgezwitscher
in der Stille des Waldes
weitet das Herz mir.

Schneetreiben im Park
auf der Bank ruht niemand mehr
mich umfängt Kälte.

たわむれに
竹と遊ぶや
我が望み

Vergnüglich
mit Bambus zu spielen
ist mein Wunsch.

Tomoyuki Teratani
(Übers.: Masanao Kobayashi)

Wind spielt mit dem Gras
bringt den Bambus zum Klingen
Lied meiner Sehnsucht.

Musik schwebt im Raum
auf dem Tisch liegt die Brille
ich lasse mich gehn.

Blüte und Flamme
leuchten in blauem Kristall
dem Bund der Freundschaft.

Zum Rand der Erde
wo Grün im Blau sich verliert
fliegt meine Seele.

Im Dunkel der Nacht
die Haut der Erde spüren
läßt tags mich träumen.

Am Horizont hin
auf verschlungenen Pfaden
der Wanderer zieht.

Warm ist das Gestein
und Helligkeit durchflutet
im Augenblick mich.

Blick aus dem Fenster
vom Strahl der Sonne erhellt
regt sich das Leben.

Reben am Berghang
eine Lust ist's zu kosten
rubinroten Wein.

Vereint mit Freunden
verstummt des Alltags Geschrei
und jedes Wort zählt.

Der Regen trommelt
mir Urworte des Lebens
auf trockene Haut.

Es blüht der Kirschbaum
Unschuld in leuchtender Pracht
Fruchtbarkeitszauber.

Rot glüht der Himmel
am Rande des Schattenreichs
entzündet mein Herz.

Pfauenauge du
faltest die Seele mir auf
zu kosmischem Spiel.

Wolken und Nebel
Träume verschleiern den Berg
Nähe entfernt sich.

Gelb leuchtet das Feld
am Boden flimmert die Luft
erhitzt mir die Haut.

Leicht im Wind sich wiegt
der Pappel silbriges Grün
Gedanken verwehn.

Wie Spuren im Sand
durchfließen die Wasser auch
meine Gedanken.

In Dünen grasen
Wolken vom Winde verweht
ziehen durchs Haar mir.

In den Gezeiten
die mein Schweigen umbranden
löst sich die Zeit auf.

Der Sonne Feuer
brennt mir auf meine Nacktheit
Wundmale der Lust.

Grausen erfaßt mich
wenn fallender Nebel kalt
die Welt verschattet.

Grüngoldner Schleier
deckt die Brüste der Erde
mir zum Geheimnis.

Im Farbenspiel tanzt
zu den Trommeln des Regens
der Himmel erstrahlt.

Die Berge einst schroff
drängen am Horizont sich
und heben den Blick.

Der Pfeil schwirrt ins Ziel
von meinem Sehnen gespannt
trifft er den Bogen.

Om atmendes Wort
durchtönt es jubelnd mein Herz
steigt auf zum Amen.

Es tönt die Schale
aus den Tiefen der Erde
Weisen der Stille.

Rinnsal und Ströme
werden Wasser des Lebens
im Augenblick nur.

Ausgebreitet sind
deine Flügel sie lichten
nächtliches Dickicht.

Geschmiedet werden
früh in der Glut des Frostes
die Schwerter des Tags.

Aus Malachit grün
perlen auf mondlichte Haut
Tränen des Abschieds.

Dem Kometen gleich
scheinen Gedanken der Nacht
zu schweifen ins Nichts.

Den Baum umarmen
ruhen in seinem Geäst
verwurzelt im All.

Sturm peitscht das Meer und
treibt mir Sand in die Augen
Salz des Erinnerns.

Verwaister Garten
dein Lied ist verklungen nur
die Steine sind noch.

Wie Spuren im Sand
verweht des Ewigen Wort
es bleibt im Gespür.

Grau ist's und Regen
trübt den Blick in die Ferne
wolkenverhangen.

Still liegt der See da
mein Sinnen zielt auf den Grund
zieht lautlos Kreise.

Namenloser Du
hast mich beim Namen genannt
seitdem bin ich Mensch.

Im alten Garten
dämmert der Lebensbaum hin
Efeu umrankt ihn.

Vielstimmig ertönt
jubelnd führt der Gesang auf
heitere Höhen.

Abends zu wandeln
durch der Allee dunkles Grün
stillt mein Verlangen.

Befreit von der Last
meine Schritte zu zählen
bin ich ganz Ohr nun.

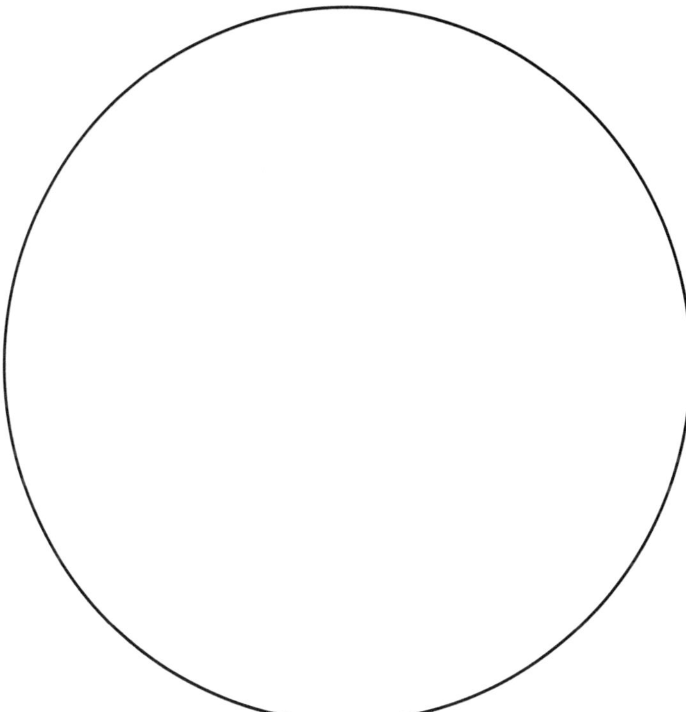

Gesang ist Dasein
für Gott ein Leichtes
wann aber sind wir?

Rilke

Es gibt viele Wege der Meditation, alle haben ein einziges Ziel: durch anschauende Versenkung in die Mitte des eigenen Wesens zu führen, um darin die ursprüngliche Weite unseres Geistes, unseres ganzen Seins schauend zu erfahren und im Verweilen dieses Anblicks die innere Ruhe zu finden. In dieser Konzentration auf das Wesentliche liegt die schöpferische Kraft, die Wirklichkeit in ihrer Fülle und Tiefe zu erschließen und das eigene Dasein angemessen zu meistern.

Das japanische Wort Zen bedeutet Meditation und bezeichnet eine der Schulen des Buddhismus in Japan, die die Meditation nach der Lehre des Buddha im Sitzen (Zazen) ausübt. Der Buddhismus lehrt die Erlösung als Befreiung vom Leiden, das seine Ursache in den menschlichen Strebungen und Begierden hat. Sich von den Ansprüchen des Ich zu lösen, loszulassen, sich loszulassen, müssen wir lernen. Solches Losgelöstsein heißt nicht, alles aufzugeben, sondern bedeutet eine innere

Einstellung: gelöst zu sein, frei zu sein, über den Dingen zu stehen, Abstand zu wahren zwischen sich und dem Getriebe der Welt, um zu sich selbst zu kommen. Diese Gelassenheit eröffnet einen Weg der Aufmerksamkeit, der Achtsamkeit, des wachen und weisen, aber bescheidenen Umgangs mit der Wirklichkeit. Maßvolle Verhaltenheit und lautere Bescheidenheit kennzeichnen das Zen in einer Reihe von Disziplinen: in der Kunst, das Schwert zu führen, des Bogenschießens, des Tee- und des Blumenweges, des Malens und des Dichtens.

Zen in der Kunst des Haiku bedeutet eine kontemplative Art des Dichtens. Das japanische Haiku ist ein dreizeiliges Gedicht, besteht aus fünf-sieben-fünf Silben und hat zum Inhalt die Betrachtung der Natur und die im Betrachter ausgelösten Stimmungen. Zum Staunen anzuregen, aufmerksam zu machen für die kleinen, unscheinbaren Begegnungen, zum Einklang mit der Schöpfung in kleinsten und großen Augenblicken des Lebens zu bewegen und Ehrfurcht vor der Offenbarung des Numinosen zu wecken, ist der Sinn des Haiku. Der Weg des Haiku ist ein kreativer Weg, der die Sprache finden läßt für die Rätsel des Seins, der Natur- Empfindung knappsten Ausdruck verleiht und die Rhythmen des Daseins im strengen Maß der Silben zu fassen versucht. So erschließt sich dem, der im rechten Augenblick seine Sprache findet, in der Beschränkung auf das Wesentliche das Ganze der Welt.

Die vorliegenden achtundvierzig Haiku sind in der Reihenfolge ihres Entstehens abgedruckt. Jedes Haiku bedarf der Einstimmung und der Zeit des Nachsinnens zwischen Sonnenaufgang und Sonnenuntergang. Sich selbst in der Kunst des Haiku zu üben und hierin einen eigenen, authentischen Weg zu gehen, auch dazu will dieses Büchlein anregen.